LETTRE

Mgr Nardi, auditeur de Rote,

À S. EX. M. TROPLONG,

En réponse à la lettre de M. le duc de PERSIGNY.

BRUXELLES,

COMPTOIR UNIVERSEL D'IMPRIMERIE ET DE LIBRAIRIE,

VICTOR DEVAUX ET Cⁱᵉ,

RUE SAINT-JEAN, 26

1865

Lettre de Mgr NARDI,

auditeur de Rote,

A S. E. M. TROPLONG,

EN RÉPONSE A LA LETTRE DE M. LE DUC DE PERSIGNY.

L'un des prélats les plus éminents de la cour romaine, Mgr Nardi, audi-teur de Rote, n'a pu lire sans émotion la « lettre » de M. le duc de Persigny ; il a tenu à honneur d'y répondre, et s'est adressé, comme le publiciste voyageur, à M. le président du Sénat français, M. Troplong.

A Rome et à Malte — où la réponse de Mgr Nardi a été publiée (1), — on jouit d'une liberté que certainement la cause de la justice et du droit n'a point à Milan ; le journal qui a reproduit cette lettre y a été saisi. Il n'est pas bien sûr qu'une traduction ne courût point les mêmes risques ailleurs.

En Belgique, du moins, la voix du courageux et éloquent prélat peut se faire entendre en toute sécurité. Nous nous empressons donc d'y publier sa lettre ; notre version serre d'aussi près que possible le texte original.

Rome, 24 mai 1865.

Excellence ,

Vous êtes le chef du premier corps de l'Empire ; vous êtes un grand jurisconsulte ; vous ne pouvez écarter la première condition de tout juge-ment équitable : l'*audiatur et altera pars*. Son Ex. le duc de Persigny a passé ici, à Rome, deux semaines ; il y a reçu les plus amicales et les plus courtoises prévenances de tout le monde , à commencer par notre Pontife et Roi ; nonobstant, il vous a adressé de Rome même, une lettre formidable contre le Pape et contre nous tous , ses serviteurs et ses sujets. Souffrez que le plus humble d'entre eux vous adresse une réponse, et entrons tout de suite en matière.

Pour résumer rapidement, mais avec une scrupuleuse exactitude, les principales idées du Duc, je reproduis ses paroles : « Je pressentais, dit-

---

(1) *Malta, Tipografia di Giulio Acquari ;* brochure gr. in-8° à deux colonnes.

« il, l'existence d'un grave secret au siége de la papauté, et ce secret
« n'en est un ici pour personne. » Quel est donc cet épouvantable secret
qui est connu de quiconque vit à Rome, à Rome où il y a des milliers de
Français, à Rome d'où l'on écrit, d'où l'on télégraphie chaque jour à
Paris ? — Ce secret, le voici : « C'est l'existence à Rome d'un parti orga-
« nisé par les ennemis de la France, d'un parti qui domine tout, le Pape,
« les cardinaux, les congrégations, le gouvernement ; qui, dans sa haine
« pour les principes de notre législation civile, jouerait sans hésiter con-
« tre ce qu'il appelle la révolution, la sécurité de vingt papes et qui,
« maître de tous les instruments de la puissance spirituelle, n'a d'autre
« pensée que de la faire servir à la désorganisation de la France actuelle
« et au triomphe de ses ennemis. Telle est la foi de ce parti dans les
« forces mystérieuses dont il dispose, qu'il ne prétend à rien moins qu'à
« courber d'abord sous son joug tout ce grand clergé de France, le plus
« noble, le plus illustre de l'Europe, le plus célèbre par son esprit d'in-
« dépendance et de nationalité ; puis, par le concours de toutes ces
« forces réunies, à renverser l'œuvre déjà presque séculaire de la révo-
« lution française. »

Je reprends haleine, et je réponds : Vous dites qu'il y a à Rome un
parti organisé par les ennemis de la France, qui domine le Pape, les
cardinaux, tout enfin, et qui veut ruiner et détruire l'empire français,
rien que cela ! C'est énorme ! Cicéron parlait de la même manière au
Sénat quand il dénonçait Catilina. Nous savons désormais que Cicéron
était un réactionnaire et Catilina un galant homme. Mais en dénonçant
Catilina, Cicéron ajoutait : « Ton armée, Catilina, toute prête à renver-
« ser la République, occupe déjà les gorges de l'Étrurie ;... telle nuit, tu
« t'es rendu à un conciliabule chez C. Manlius, on y a décidé ma mort,
« et deux cavaliers ont tenté l'assassinat ;... telle autre nuit tu as eu une
« autre réunion avec les Falcarii dans la maison de M. Lecca. » —
Voilà un langage qui me plaît : il y a là des faits, M. le Président,
des personnes, avec les circonstances de lieux, de dates. Mais dans la
catilinaire de M. le Duc, qu'y a-t-il ? des mots ; rien de plus. Il accuse
tout et tous, nommément : le Pape, les cardinaux, les congrégations,
c'est-à-dire le gouvernement entier de l'Église ; il les accuse presque d'un
crime, car se laisser circonvenir est, dans un gouvernement, une faiblesse
coupable qui y touche de près.

Pourquoi le dénonciateur de cette trame abominable s'abstient-il de
nous faire connaître le dépositaire et le ministre de cette puissance invi-
sible qui domine tout et ne tend à rien moins qu'à renverser la révolution française, laquelle a renversé tant de choses ? Les noms, s'il vous

plaît, M. le Duc, les noms ! Et avec les noms, les circonstances du délit, les preuves, mais des preuves qu'on puisse saisir et que tout le monde puisse apprécier. Rien de pire que le vague dans les accusations ; qui accuse doit prouver : *id quod intendit comprobet atque convincat*, dit Paul dans la 5ᵉ de ses sentences (loi 18, § 2, du Digeste *de Quæstion.*) ; *delatorem probare debere quod intendit*, ajoute Ulpien dans sa 19ᵉ R. à Sabinus, (loi 49, § 25, Dig. *de Jure fisci*). Et : *delator punietur, si non probaverit*, dit Marcien (l. 24, Dig.). « Les pièces ! les pièces ! » demandaient les montagnards de la Convention eux-mêmes à Lecointre, le 13 fructidor an ii.

Mais écoutons ce que veut ce parti.

Ce parti, dit le Duc, « déteste les principes de la législation civile « française ; il veut la désorganisation de la France actuelle et le triom- « phe de ses ennemis, et il prétend faire plier sous son joug tout le « grand clergé de France, le plus noble, le plus illustre de l'Europe, le « plus célèbre par son esprit d'indépendance. » M. le Duc rêve ! Pourquoi haïrions-nous la législation française, qui est presqu'en entier fille de la nôtre, j'entends de l'antique législation romaine? Si elle s'en est écartée un peu, de ci et de là, elle est presque toujours revenue à sa mère ; mais qu'elle aille, qu'elle revienne, qu'elle reste, que nous importe à nous? Comme nous ne nous reconnaissons point le droit de juger quelles lois conviennent à un peuple étranger, aussi ne consentons-nous nulle- ment à être jugés sur ce point par personne. Vous, vous ne voyez de salut que dans le Code Napoléon ; les Anglais, les Prussiens , les Autri- chiens, les Espagnols, et même pas mal de Français, sont d'une autre opinion ; laissez-leur, comme à nous, un peu de liberté sur ce point. Nous sommes conservateurs, M. le Président, et nous avons lu une cer- taine lettre de l'auteur même de ce Code Napoléon , lettre adressée le 5 juin 1806 au roi de Naples d'alors : « Établissez, y disait-il, le Code « civil à Naples : tout ce qui ne vous est pas attaché va se détruire en « peu d'années, et ce que vous voudrez conserver, se consolidera. Voilà « le grand avantage du Code civil. » En pareille matière, nous en croyons volontiers Napoléon Iᵉʳ.

Mais peut-être M. le Duc entend-il parler des principes de 89? Il serait temps d'en finir une bonne fois avec ce fantôme.

Tout ce qui, dans ces principes fameux, consacre l'équité, la justice avec la liberté, nous le revendiquons comme notre bien ; ce sont nos principes, nous les avons enseignés au monde; et, sur ce point, j'en appelle à vous-même ; j'en appelle à vos excellents écrits (1).

(1). TROPLONG, *De l'influence du christianisme sur les lois civiles des Romains.*

Mais ce que ces principes ont de mauvais, ne sera jamais approuvé par aucun Pape, dans aucun temps. Par exemple, nous trouvons juste une tolérance charitable envers les hétérodoxes; et pendant que des lois barbares opprimaient les Israélites dans toute l'Europe, Honorius III, Grégoire IX, Urbain V, Sixte V, rendaient des décrets pour leur défense et pour leur protection (1).

Et aujourd'hui encore je demande à nos résidents protestants et juifs, s'il y a entre eux la moindre distinction devant les tribunaux romains. Mais, si vous attendez que le Pape proclame la parité des cultes et reconnaisse l'égalité entre l'Évangile, le Talmud et le Coran, vous attendrez en vain. Et la liberté de la presse? Ah! M. le Président, n'insistons pas sur ce point; il y aurait trop à en dire. On prohibe à Rome et à Paris; à Paris, Labiénus; à Rome, Renan; à Paris, l'Encyclique; à Rome, les indignités de Michelet et de Sue. Puisqu'il n'y a liberté de presse ni ici, ni là, laissez-nous le libre échange en matière de prohibitions.

Selon M. le Duc, la seconde chose que veut le « parti, » est la désorganisation de la France et le triomphe de ses ennemis. De rechef, M. le Duc, des preuves, des preuves, je vous prie, de cette accusation qui serait terrible, si elle n'était absurde. Pour détruire une organisation que vous regardez certainement comme la plus solide et la plus forte de l'Europe, pour jeter à bas un empire qui compte quarante millions de sujets en France seulement et un demi-million d'excellents soldats, il faut quelque chose de plus que des désirs, quand même on en aurait. Mais, non, M. le Président, ce n'est pas à Rome qu'on renverse des souverains et que se trament des conspirations. Ici, on respecte tous les princes, bons ou mauvais, amis ou ennemis; vous ne trouverez parmi nous, j'ose le dire très-haut, ni légitimistes, ni orléanistes, ni bourboniens, ni autrichiens; et, franchement, pas davantage de bonapartistes. Quand je dis *nous,* je n'entends exclure aucune exception possible, cachée ou ignorée. Nous sommes pontificaux, nous ne connaissons ni ne voulons d'autre nom, ni d'autre cause que la cause du Pape, à laquelle nous avons tous juré une éternelle fidélité. Quiconque, parmi nous, tournerait les yeux vers un autre prince, quiconque servirait un autre que le Pape, serait un félon; et, s'il travaillait en ce sens, ce serait un criminel. Les prélats romains sont Italiens, Français, Anglais, Allemands, Espagnols; ils aiment assurément leur pays et croient qu'ils leur est très-permis de l'aimer; mais ils ne peuvent ni ne doivent lui être

(1) Constitution *Sicut Judœis* et constitution *Christiana pietas.*

agréables qu'en servant la cause du seul prince à qui tous ils ont promis leur foi jusqu'à la mort. A Rome, il n'y a pas de parti, M. le Président: nous en détestons jusqu'au nom; et M. le Duc rêve tout éveillé, je dis rêve pour ne pas me servir d'un autre mot. M. le Duc est resté ici trop peu de temps, il a parlé à trop peu de monde pour se bien rendre compte de la situation et du mouvement des esprits. Ce n'est pas en dix jours, ni dans le tourbillon de fêtes continuelles, qu'on découvre des choses que nous ignorons, nous qui vivons à Rome.

Qu'ici les bons soient de plus en plus ardents; qu'ils se serrent avec une plus grande affection autour de leur Père et de leur maître; cela est très-vrai; mais c'est un mérite que nous devons à nos ennemis. Si tout homme d'honneur ressent comme adressée à lui-même toute offense contre sa religion, comment n'en serait-il pas ainsi de nous, liés à elle par les engagements les plus solennels!

La troisième chose que veut le fameux « parti, » est « de faire plier « sous son joug tout le grand clergé de France, le plus noble, le plus « illustre de l'Europe, le plus célèbre par son esprit d'indépendance. » Nous tous, M. le Président, nous vénérons et aimons l'illustre clergé français, mais sans nous attribuer pour cela le droit de le placer au-dessus de tous les autres clergés de l'Europe; de semblables jugements ne se font point dans les balances que tient la main de l'homme. Nous ne nous livrons point à ces comparaisons, M. le Président; mais nous croyons, par exemple, que notre clergé italien prouve, à l'heure qu'il est, sa foi et sa constance d'une telle manière que le mettre au-dessous de tout autre serait une grande injustice. Ensuite, comment, M. le Président, concilier ces dernières paroles : « Le clergé français célèbre par son esprit d'in-dépendance, » avec ces autres qui figurent quelques lignes plus bas : « Il « est parvenu (le fameux parti) à dominer une partie des évêques français, « séduisant les uns, intimidant les autres, les forçant tous à compter avec « lui, domptant les plus courageux et semant le trouble dans toute « l'Église de France? » Comment concilier cet esprit d'indépendance que vous vantez dans les évêques français avec l'accusation que vous portez contre eux de se laisser vaincre, dominer, effrayer? Du reste, le noble clergé de France sait et saura répondre dignement lui-même à ces accusations injurieuses; et vraiment il n'a pas besoin d'être défendu, tant que vivront des évêques comme ceux de Tours, d'Orléans, de Poitiers, de Nismes, de Besançon, pour n'en citer que quelques-uns; le monde entier retentit encore de leurs voix courageuses.

Le parti dominant à Rome, dites-vous, espère « soumettre, en plein xix⁰ siècle, l'État à l'Église. » Pas un prêtre, pas un prélat romain ne veut cela, M. le Président ; mais tous veulent que l'État ne domine, ni n'absorbe, ni n'enchaîne l'Église, tous veulent que l'État gouverne par lui-même et très-librement l'immense multitude d'affaires que Dieu lui a donné à diriger ; l'Église ne l'en empêchera pas, ne le troublera pas ; au contraire, elle le secondera volontiers, comme c'est son devoir et son avantage. Mais que l'État s'arrête de son côté aux portes du sanctuaire. Il se mêle déjà de beaucoup de choses ; aucuns disent même qu'en France il embrasse beaucoup trop. En franchissant certaines limites, il sort de son domaine et envahit celui de la conscience, de la religion, de l'Église. C'est ce que nous ne voulons pas et ce que nous ne voudrons jamais. L'État peut nous faire violence, cela est vrai ; au cheval d'Héliodore, nous ne pouvons opposer que les prières d'Onias ; mais elles suffisent !

Venons maintenant à des choses moins sérieuses. M. le Duc poursuit : « Imaginez, dit-il, à côté des cardinaux tout un monde de diacres, sous- « diacres, prêtres, moines, princes, nobles, avocats, etc., distribués dans « une vingtaine de congrégations diverses. » Voilà ce qui s'appelle savoir les choses par le menu ! Ce « monde de diacres, de sous-diacres » est précieux ; ces « princes et ces nobles » répandus dans les congréga- tions sont prodigieux ! Le dernier sacristain de Rome, en lisant de telles balivernes, demanderait si celui qui les a écrites jouit de son bon sens.

Après « tout ce monde de sous-diacres, » viennent « trois ou quatre mille » (entre trois et quatre mille la différence est faible !) employés ecclésiastiques et laïques à Rome et « quinze mille agents » au dehors (où donc s'il vous plaît ?) « Toute cette vaste organisation, continue M. le Duc, « est agitée de la même idée, émue de la même passion, chemine vers « le même but ; aussi, vous ne vous étonnerez pas qu'un Pape, même le « plus sage et le plus saint des hommes, soit impuissant à maîtriser un « tel ensemble de forces et à changer la direction de la violente machine « qui l'entraîne. »

En vérité, M. le Président, ce langage, pour lequel on voudrait n'avoir pas de dédain, inspire la pitié ; M. le Duc y a laissé, en effet, échapper un aveu, un important aveu, qui ruine toutes ses assertions. Il parle d'un « parti, » mot qui, dans sa langue comme dans la nôtre, veut dire une faction, une ligue de quelques-uns contre le grand nombre ; et voilà que dans ce parti hostile, nous sommes tous compris à Rome, tous, depuis le sommet jusqu'à la base de la hiérarchie ecclésiastique et gouverne- mentale. Toutefois, et pour le reste, il est difficile que le dédain ne s'ajoute pas à la pitié. Dire de ce Pape si « sage, » si « saint, » qu'il se laisse entourer et dominer contre sa conscience, c'est une insulte et une dérision. Séparer le prince de son gouvernement, est une vieille perfidie ; on sait où elle aboutit. Heureusement dans le cas actuel, elle est bien impuissante, puisque tout le monde sait que le Pape est le seul dépositaire du pouvoir suprême que Dieu lui a confié et que nulle congrégation ne peut faire un pas sans son assentiment, parce que, de lui et de lui seul dépend la décision, que lui et lui seul la donne, la suspend ou la change, après avoir tout entendu, tout discuté et tout pesé. Et le Pape se laisse entraîner et opprimer ! Et ce Pape, c'est Pie IX ; Pie IX qui, chaque jour, reçoit pendant plusieurs heures des hommes de toute nation, de toute opinion, et même de tout culte ; des évêques et des prêtres étrangers ; qui parle avec eux non pas de futilités, mais des affaires de l'Église, et qui en parle en pleine connaissance de cause, répétant ce qu'il a écrit dans ses lettres, dans ses allocutions, dans ses encycliques, avec les mêmes idées et les mêmes mots ; et cet homme est entraîné et opprimé contre sa volonté, contre sa conscience ! Ah ! M. le Président, si ma plume s'arrête ici, c'est uniquement par respect pour le trône dont M. le duc est si proche. Je parlerai avec plus de liberté de cette « conspiration qui, selon M. le Duc, s'ourdit au sein de la Papauté contre « la France, cet échafaudage de préjugés qui ne croûlera qu'en se heurtant à la réalité des choses. » — « Le moment approche, dit-il encore, « où cette forteresse du passé va être soumise à une épreuve suprême ; « déjà un trouble étrange agite ce monde de chimères ; et quelques « intelligences commencent à s'effrayer de notre longue magnanimité. »

M. le Président, ici, à Rome, il n'y a ni conspirations, ni préjugés, ni effroi au sujet de la « longue magnanimité ; » il y a patience, courage et dédain. Et quel autre sentiment mérite un homme qui se dit catholique et qui parle de la sorte du gouvernement de l'Église ?

Je m'aperçois que j'ai à peine parcouru la dixième partie de la longue lettre de M. le Duc, et que pour répondre convenablement, il m'en faudrait écrire une du double au moins de la sienne. Heureusement que M. le duc laisse le Pape pour s'attaquer à l'Autriche. L'Autriche a sa diplomatie et ses canons ; et elle répondra ou se taira comme elle voudra : cela ne me regarde pas.

L'Autriche, d'après M. le Duc, a organisé le parti antifrançais à Rome, lequel, par parenthèse, change actuellement de protecteur. Ici les dates manquent comme d'ordinaire, ainsi que les noms et les preuves : entre autres, les dates de la formation et du changement. M. le Duc « ignore « quelles ont été les causes de la rupture entre l'Autriche et le Pié- « mont : » ce n'est pas à nous à les lui rappeler. Il prétend que « la France ne pouvait consentir à ce que l'Autriche allât à Turin ; » voilà qui s'entend. Il dit que, « durant la guerre, le parti » (c'est nous et nous tous, comme on sait, et le Pape remorqué par nous), « bénissait le conquérant (l'Autriche) et maudissait le libérateur (la France). »

Ici, M. le Président, durant la guerre, on priait pour que la guerre prît fin et pour que le Pape n'en fût pas la victime, comme c'était à craindre et comme l'avaient prévu les sénateurs, les députés et les évêques de France. Or, la prévision n'était pas vaine. La guerre de la révolution contre le Saint-Père avait commencé un peu avant la guerre contre l'Autriche; la lettre à Edgar Ney en était le prélude; le *memorandum* de Cavour, lu par le ministre de France au Congrès de Paris en 1856, en était la déclaration. Quand un gouvernement fort, qui a garnison dans la capitale d'un gouvernement plus faible, tient ou laisse tenir un pareil langage, la tempête est déjà proche et l'œil le plus ordinaire peut la prévoir. Aussi y avait-il des gens qui croyaient (et il y en a qui le croient encore) que le but final de la guerre d'Italie était l'anéantissement du Saint-Siége et qui s'en félicitaient ; les applaudissements que dès le principe ils ont accordés à cette guerre, montraient bien que le Saint-Siége n'en pouvait recueillir aucun avantage, mais seulement des périls et des dommages. Il est vrai qu'une parole mémorable avait retenti sur le trône de France: « Le Pape sera maintenu dans tous ses droits. » Quel amer désappointement a plus tard suivi cette parole, je ne le dirai pas. J'écris à Rome et je ne voudrais point accroître les dangers du gouvernement que je sers ; quant à ceux que je pourrais courir moi-même, je ne m'en occupe pas.

« L'Autriche, en abandonnant les Légations, fut cause que le Saint-Siége perdit ces provinces ; » vieille histoire ! Il faut bien compter sur l'ignorance des hommes pour répéter de pareilles allégations. L'Autriche avait reconquis ces provinces sur la Révolution et elle les gardait, se déclarant prête à les abandonner aussitôt que les Français quitteraient Rome. La situation était la même, et le Saint-Siége, en janvier 1859, pria les deux occupants de se retirer. La guerre éclata ; le Saint-Siége demanda et obtint la neutralité ; quand tout à coup un corps francais et italien de quarante à cinquante mille hommes, rassemblés en Toscane, menaça de couper la retraite aux deux faibles garnisons d'Ancône et de Bologne. Il est certain que ce qui était arrivé ne garantissait guère que les lois de la neutralité seraient observées. Après cela, je crois que l'Autriche a eu tort de s'effrayer du prince qui commandait ce corps d'armée, et que les généraux autrichiens auraient mieux fait de rester à leur poste et d'affronter le péril, fût-ce un contre six. Il fallait que le monde vit les canons ennemis renverser les murailles pontificales ; pour combattre l'hypo-

crisie, il n'y a rien de mieux que de la forcer à opérer à visage découvert.
Donc affirmer que c'est l'Autriche qui a fait perdre les provinces au
Saint-Siége, c'est un conte bon tout au plus à amuser des enfants. La
guerre est l'œuvre de la France et du Piémont ; à cause de cette guerre,
l'Autriche croit nécessaire de retirer et de concentrer ses troupes. La
révolution éclate à Bologne à l'instigation du marquis Pepoli, ce cousin
de l'Empereur, qui du haut de son carrosse, promit l'impunité aux
rebelles : et les provinces sont perdues par la faute de l'Autriche ! D'ailleurs, quand donc est-ce qu'elles ont été réellement perdues, ces provinces ? En 1859 ? Non, M. le Président. Villafranca et Zurich les recon-
naissaient comme appartenant au Saint-Siége. Mais « nous pouvions les
« sauver en acceptant la fédération et la lettre de l'Empereur ! La fédé-
« ration, à entendre M. le Duc, le Piémont l'acceptait, l'Autriche n'en
« parlait pas ; le Pape fut le premier à la refuser. » Ici encore, j'invite
M. le Duc à donner des preuves de ce refus. De sages observations sur
la difficulté de l'amalgame entre la Révolution et le Pape furent faites :
de REFUS, NON, il n'y en eut pas ! La fédération, M. le Président, le Pape
fut le premier à la proposer en 1848, par l'organe de l'illustre Rossi et
elle fut refusée par M. Petitti, ministre piémontais (1). Cela résulte des
actes officiels. En 1859, après ce qui était arrivé au mépris de tout droit
des gens, le Pape, désigné comme membre et président, n'a pas refusé,
mais il a demandé quels seraient ses devoirs et ses droits. On n'est pas
dépositaire de droits aussi délicats et aussi sacrés que les siens sans avoir
la conscience et le bon sens de n'accepter des clauses et des conditions
que quand on les connaît. Du reste, jamais le Piémont n'accepta sérieuse-
ment et sincèrement l'idée de la fédération, et l'histoire le dira mieux que
ne le peut une plume enchaînée par la crainte de nuire à ce qu'elle aime le
plus sur la terre. Dix jours après que les clauses du traité de paix étaient
arrêtées à Zurich du consentement de toutes les parties, Garibaldi, avec
les armes et l'argent du Piémont, avec le consentement, tout le monde
sait de qui, débarquait en Sicile et renversait les Bourbons, pendant que
les ambassadeurs de François II, dont un est aujourd'hui ministre du
nouveau royaume, traitaient à Turin. Où était la possibilité d'une fédération avec de tels alliés ?

« La lettre de l'Empereur » au commencement de 1860 ! Cavour com-
parait cette lettre à une grande victoire sur la Papauté ; le Pape aurait dû
l'accepter ! L'Empereur proposait au Pape de renoncer aux Romagnes,
pour le reste, de *demander* la garantie des puissances, et le Pape aurait

(1) *Gazette officielle de Rome,* 18 septembre 1848.

dû dire : « Je renonce à la moitié de mes États, faites-moi grâce de l'autre ! » Un cri unanime d'indignation se serait élevé, M. le Président, contre un Pontife qui aurait commis une lâcheté semblable, lâcheté parfaitement inutile et qui aurait fourni le plus sûr et le plus rapide moyen de perdre ce qui restait sans sauver ni la dignité, ni le droit. Ce « vicariat du roi, » d'ailleurs, Cavour l'a refusé lui-même dans un document qui est au « Livre jaune. » Et la « garantie des puissances, » que vaut-elle ? Est-ce que l'État pontifical, dans ses limites antérieures à 1859, n'était pas garanti par toutes les puissances européennes, la France comprise ! Et le traité de Zurich qui proclamait la plénitude des droits du Saint-Siége sur toutes ses provinces, n'était-il pas la plus solennelle et la plus précise des garanties ? Mais que valent les traités, les alliances, les garanties, avec le système des *faits accomplis ?*

M. le Duc fait allusion à un projet qui aurait été mis en avant en 1860 et que voici : L'armée pontificale renfermée dans Rome et les provinces gardées par les troupes françaises. Ce plan magnifique qui eût tout sauvé, M. le Duc nous accuse de ne l'avoir pas accepté. Nous ne savons rien d'un tel projet, dont aucun document ne prouve la réalité ; mais eût-il été proposé, le Saint-Siége aurait bien fait de ne pas l'accepter, et la Convention du 15 septembre le démontre assez. Ce qui se fait aujourd'hui pour Rome, se serait fait assurément pour les provinces.

Nous arrivons à Castelfidardo, et M. le Duc passe bien légèrement sur ce grand crime dont le royaume d'Italie n'est pas seul coupable. Il en parle ainsi : « Nous ne pouvions à aucun prix compromettre notre situation en Italie. » Qu'est-ce que cela veut dire ? Que signifie cette « situation » dans un pays que vous déclarez être libre et indépendant ? « Nous « ne pouvions jouer une partie dont nous n'avions pas toutes les cartes « dans la main. » Ah ! vous jouiez aux cartes ! Voilà comme « (le parti) a « fait perdre au Pape une autre portion de ses États. » Ainsi Castelfidardo fut l'œuvre, non de Fanti ni de Cialdini, ni de l'entrevue de Chambéry, mais notre œuvre, à nous, l'œuvre du parti qui circonvient le Pape et du Pape circonvenu ! « Ce parti, poursuit M. le Duc, à ce que « lui a dit *un personnage éminent,* ne sait rien de ce qui arrive dans le « monde, ni même à Rome. Il vit d'illusions sur la vie présente, comme « les moines de méditations sur la vie future. Ces hommes, reprend-il, « n'ont aucun sens pratique ; ils n'ont que des passions, de l'ignorance « et des préjugés qui les aveuglent. La Providence qu'ils invoquent et à « laquelle ils délèguent la solution de toutes les difficultés, n'a pas « d'autre signification dans leur esprit que la fatalité des Turcs. »

Nous sommes donc des ignorants, des passionnés, des gens pleins de préjugés ; nous le savons. Il y a longtemps que nous sommes faits à ce langage. Les cardinaux di Pietro, Antonelli, Consalvi, qui formaient « le parti » du temps de Pie VII, étaient aussi des « fous. » — « Il n'y a « rien de déraisonnable comme la cour de Rome » (1). « La conduite de « la cour de Rome est marquée au coin de la folie » (2). « Je ne veux « plus avoir affaire avec ces nigauds » (3). « Je commence à rougir de « toutes les folies que me fait subir la cour de Rome, et le temps n'est pas « loin où je ne reconnaîtrai le Pape que comme évêque de Rome, placé « sur le même niveau que les évêques de mes États. Je réunirai les églises « gallicane, italienne, germanique, polonaise en un concile pour faire les « affaires sans le Pape. » ... Et il l'a tenté ! — « C'est la dernière fois que « j'entre en discussion avec cette prêtraille romaine. » ... « Votre Sainteté « est responsable des désordres que veulent commettre dans l'Église de « France les Antonelli, les di Pietro et les autres prélats italiens pour « lesquels un bouleversement n'est pas une cause d'inquiétude. » (4).

Ces paroles ont 57 ans de date, mais on les dirait écrites, ou au moins datées de Rome, le 30 avril courant. Mais non ! elles sont plus vieilles de dix-huit siècles. Les apôtres, on les appelait des « gens ivres (5). » Saint Paul et son langage n'étaient que de la « sottise. (6) »

Le monde, M. le Président, dit que l'Évangile est une folie et l'Évangile dit que la sagesse du monde est de la folie. Qui des deux est vraiment fou ? Je ne peux là dessus me trouver d'accord avec M. le Duc.

Ensuite, nous sommes des fatalistes et cela parce qu'à tout propos nous invoquons la Providence comme les Turcs leur *bakkalum*. Eh bien ! si le sultan invoque le *bakkalum* à Constantinople et si l'Empereur invoque le *muquader* à Alger, pourquoi ne nous serait-il pas permis d'invoquer la Providence à Rome ? Chacun invoque ce en quoi il a foi, et je n'y vois aucun mal. Si nous invoquons la Providence, M. le Président, c'est que nous y croyons, parce qu'elle ne nous a jamais abandonnés et qu'elle ne nous abandonnera jamais. Elle est notre espérance ; la seule et c'est trop peut-être ! Je dis *trop* peut-être, non pour nous, pauvres vermisseaux d'un jour, mais pour ceux auxquels ce serait un devoir sacré de nous venir en aide et auxquels cet abandon sera bien plus fatal qu'à

(1) *Correspondance de Napoléon Ier*, lettre au cardinal Fesch; Munich, le 7 mars 1806, t. XI, p. 643.

(2) *Id.*, lettre au roi de Naples, 5 juin 1806, t. XII, p. 596.

(3) *Id.*, post-scriptum d'une lettre au prince Eugène, datée de Finkenstein, 3 avril 1807, t. XII.

(4) Post-scriptum d'une lettre au prince Eugène, datée de Dresde, le 22 juillet 1807.

(5) *Act.*, CAP. II, v. 15.

(6) *Epit. aux Corinthiens*, cap. I, v. 18, etc.

nous. La Providence n'abandonnera jamais, non-seulement notre cause qui est la sienne, mais pas même nous, ses serviteurs, à qui, si elle ne donne point le triomphe, elle donnera très-certainement le courage et la constance nécessaires pour supporter ce qu'elle nous réserve. M. le Duc est libre d'espérer en qui il veut; nous, nous ne nous confions qu'en Dieu.

Je reviens à cette malheureuse lettre et je me hâte. Elle traite de la Convention du 15 septembre. « Si à Rome il y avait un des gouvernements « quelconques de l'Europe, c'est-à-dire la plus vulgaire connaissance des « choses humaines, la plus simple entente des affaires publiques, rien « de plus facile que de rallier la population romaine à son gouvernement « et d'assurer la grandeur, la sécurité, l'indépendance du Pape. » Et nous, nous demandons à M. le Duc qui lui a donné le droit d'injurier un prince et un gouvernement qui l'ont accueilli et traité avec toute espèce de courtoisie? Nous lui demandons sur quoi il fonde les jugements précipités qu'il rend en quelques jours sur un prince et sur des hommes d'État avec lesquels il n'a eu que quelques heures de conversation; comment il peut concilier les injures qu'il leur adresse avec les éloges magnifiques qu'il leur prodigue; comment il explique cette contradiction qui lui est habituelle. « Tout peut se soutenir, excepté l'inconséquence, » a dit quelqu'un qui n'est pas un docteur de l'Église. Pour traiter avec tant de mépris nos hommes d'État, il faut se sentir bien supérieur à eux. Mais nous demandons à ce nouveau Richelieu si, en traînant comme il le fait, dans la fange, ce qu'il dit vouloir conserver, soutenir et défendre, il compte arriver au but qu'il se propose, savoir : la grandeur, la sûreté, l'indépendance du Saint-Siége? Si telle a été vraiment l'intention de M. le Duc, il faudrait désespérer de son intelligence. Mais si, au contraire, telle n'a point été son intention, c'est d'autre chose qu'il faudrait l'accuser.

M. le Duc loue l'œuvre accomplie par la France en Italie et la formation du nouveau royaume qu'il juge très-utile à sa patrie, parce que la France, selon lui, a soustrait l'Italie à la domination étrangère, l'a rendue à elle-même, et aussi parce que, dans l'avenir, l'Italie, au lieu d'aider de ses armes et de ses deniers les ennemis de la France, sera un boulevard et une sûreté pour elle en même temps qu'une barrière contre l'Autriche. C'est la pensée de M. le Duc : d'autres pensent différemment, et parmi eux l'historien le plus éminent et l'homme politique le plus clairvoyant de la France et peut-être de l'Europe. Comment, par exemple, et pourquoi les armées et les écus italiens seront-ils jamais inféodés à la France? M. le Duc ne le dit pas; mais l'histoire le dit; à deux ou trois reprises, si je ne me trompe, dans des temps encore assez récents, les Français ont été *appelés* en Italie pour lui rendre « l'indépendance et la liberté » et une fois même, « l'égalité. » — Ils ont rendu la liberté à Venise, en détruisant une glorieuse république dix fois séculaire et en vendant son territoire à l'Autriche ; ils l'ont rendue à toute la Péninsule ; et de la Péninsule parfaitement délivrée, le libérateur écrivait : « Toute l'Italie sera soumise à mes lois (1). » Dans la délivrance présente, nous les voyons s'approprier Nice, terre italienne, et la Savoie, terre sujette d'un prince italien, les clefs de la Péninsule ; — le tout compensé par les annexions piémontaises. Maintenant, on murmure le bruit d'un traité secret par lequel la Sesia et peut-être le Tessin deviendraient français. Il y en a qui le croient, il y en a qui le nient ; mais les dénégations, depuis les démentis à la cession de Nice et de la Savoie, risquent de ne trouver que des incrédules. Certes, si l'Italie constituée en royaume libre et indépendant, voyait les armées françaises évacuer tout le territoire sans compensation, ce serait un fait nouveau et contraire aux traditions séculaires de notre histoire. Les paroles de M. le Duc ne sont guère de nature à nous persuader que cette dernière épreuve soit différente des précédentes. « Le destin des Italiens, dit-il, est lié au nôtre... sans notre « appui pour longtemps encore, leur nationalité pourrait être compro- « mise... une solidarité absolue d'intérêts, nous lie tellement que si « demain nous étions menacés, nous les verrions se lever en masse pour « nous défendre. » On voit ici déjà transpirer quelque chose ; mais de semblables événements s'enveloppent dans les ténèbres, jusqu'au jour où ils éclatent comme la foudre sur ceux qui les ont provoqués. Quand Dandolo, après avoir injustement, mais de bonne foi, coopéré à démocra- tiser Venise, reçut du général Bonaparte, à Milan, l'annonce que Venise ne serait plus ni une aristocratie, ni une démocratie, mais une province autrichienne, il s'arracha les cheveux de désespoir. Il était trop tard. Quand les bonnes gens de la Consulte de Lyon comprirent que la répu- blique italienne, puis le royaume d'Italie, serait une colonie et une mine d'où la France extrairait des hommes et de l'argent, ces patriotes se répandirent en clameurs et en colères ; elles leur valurent la prison et l'exil ; il était trop tard. Oui, le mot : *trop tard!* résonne pour les peu- ples comme pour les souverains, et nous croyons que la Convention du 15 septembre, si elle a été effectivement conclue contre le Pape, tombera un jour de tout son poids sur l'Italie.

Nous ne suivrons pas M. le Duc dans sa longue tirade, où il veut démon- trer que Rome ne peut être la capitale de l'Italie. A l'entendre, il n'y a eu que les Mazziniens qui aient exprimé cette volonté. « Les partis

(1) Lettre de Napoléon Ier à Pie VII ; Paris, 15 février 1806, t. XII, p. 47.

« extrêmes, qui vivent de troubles et de confusion, avaient trouvé dans
« le projet de transporter la capitale à Rome, un de ces expédients fer-
« tiles en agitations, et ils n'avaient pas manqué de s'en emparer. » Il
n'est pas juste, M. le Président, de dire du mal de Mazzini, après lui
avoir dérobé son propre programme révolutionnaire : « L'unité de
l'Italie ; » il n'est pas plus juste de le louer en lui attribuant un mérite
qu'il n'a pas. L'idée de Rome, capitale de l'Italie, a été mise en avant,
non par lui, ni par les siens, mais par le confident de Plombières, par le
comte de Cavour, au Parlement italien (1) ; elle a été consacrée par la
loi, non par les seuls républicains, mais par toutes les factions ministé-
rielles, elle a été reprise et successivement confirmée dans trois ou quatre
sessions parlementaires. Depuis la Convention du 15 septembre, elle
n'a plus été affirmée expressément, mais ceux qui ont souscrit à cette
convention, le ministère et le Parlement, ne se sont pas fait faute de
déclarer que ce traité ne dérogeait « en rien au programme national. » Il
est inutile d'en rappeler les preuves ; elles se trouvent dans les paroles
de M. Pepoli et dans les documents officiels. Ici d'ailleurs il n'est pas
seulement question de savoir si Rome sera ou non la capitale de l'Italie,
mais si Rome restera vraiment soumise au Pape. Les paroles du Duc
l'affirment et le nient et elles le nient plus qu'elles ne l'affirment. Il est
vrai qu'il s'efforce de dire que Rome appartient « à l'univers, » mot
qui, en France comme en Italie, signifie la création entière ; puis, il ajoute
que Rome est « l'apanage commun des puissances catholiques, » à
savoir : la France, l'Autriche, l'Espagne, le Portugal, la Bavière, le
Brésil, et peut-être aussi le Mexique. Que Rome appartienne à l'univers,
cela est très-certain ; qu'elle appartienne aux puissances catholiques,
nous ne le nierons pas absolument. Mais comme il faut user de grande
patience avec les ignorants, nous répéterons ce que savent chez nous les
petits enfants, savoir que Rome et l'État romain appartiennent à l'Église
romaine et que le Souverain-Pontife lui-même n'en est que le gardien,
qu'il est l'administrateur libre mais responsable de ce patrimoine sacré
dont Dieu a voulu entourer le cœur de son Église, pour qu'elle eût sur la
terre un lieu où elle puisse librement élever sa voix, à l'abri des atteintes
et des violences des mauvais princes et des mauvais peuples. Le Christ n'a
pas eu de royaume terrestre, mais il était maître du monde ; il pouvait le
faire plier devant sa volonté et il l'a fait. Les premiers papes n'eurent pas
de domaine politique, parce que Dieu voulait, pour montrer évidemment

(1) « Nous voulons Rome, depuis douze ans nous voulons Rome, » disait M. de Cavour
à la tribune.

que cette œuvre était sienne, que le christianisme s'élevât au milieu des persécutions sans aucun secours humain. Puis vinrent des princes religieux, maîtres de presque tout le monde civilisé, et alors un État était inutile au Pape. Mais quand les empereurs iconoclastes d'Orient et les empereurs Ariens d'Occident s'attaquèrent à l'Église, quand les divers États européens commencèrent à se former, Dieu voulut que l'Église romaine eût son royaume indépendant de tous les autres. Cette volonté de Dieu, apparaît dans les faits merveilleux par lesquels l'Église a conservé, à travers les siècles et au milieu de tous les chocs des plus audacieuses passions ennemies de l'Église, ce principat si fragile et si combattu.

M. le Duc loue ensuite très-hautement la révolution qui s'est accomplie en Italie; il trouve « qu'il n'y a ni division, ni rivalité; que l'ordre et la « tranquillité règnent partout; qu'il n'y a pas un pays au monde où la « population soit plus pacifique, plus satisfaite, plus tranquille. »

Il faudrait imprimer ces choses-là à Naples et en Sicile et les faire croire là-bas; les populations qui y croiront, seront bien capables assurément de croire aussi aux autres renseignements donnés par M. le Duc, savoir que les troupes qui fourmillent à Naples ne forment pas plus de 4,000 hommes et que la population de cette ville s'accroît de 10 p. c. par an ! Ici, aux portes de Naples et non loin de la Sicile, le contraire éclate aux yeux, résonne aux oreilles. Des faits avérés et publics parlent plus haut que les mensonges et les habiletés : les assassinats et les arrestations à rançon sont journaliers à Naples et en Sicile; on ne voyage pas en Sicile sans une forte escorte et en certains endroits on ne voyage pas du tout. Il n'y a pas quinze jours que sur les assurances du préfet piémontais de Salerne qu'il n'y avait rien à craindre, deux familles anglaises du nom de Moens et de Murray ont voulu aller à Pestum. Elles ont payé cher leur confiance : en plein jour, elles ont été faits prisonnières, et ne se sont rachetées qu'au modeste prix de 9,000 livres sterling. Il y a cinq jours que toute une caravane de quarante personnes, juges, avocats, etc., a été massacrée ou arrêtée près de Cosenza. Si la paix et la sécurité sont complètes dans les provinces méridionales, qu'aucune puissance extérieure ne menace, qu'y fait donc une armée de cent mille hommes ? Les Bourbons se contentaient de la moitié. Quant à la concorde et à la tranquillité exemplaires des esprits, je n'en dirai rien, me bornant à inviter M. le Duc à lire les dernières discussions parlementaires. Certes, nous ne nous réjouissons pas de ces maux, qui ne tendent qu'à exaspérer les âmes et à les conduire à de plus grands crimes; mais il n'est pas permis de les nier.

M. le Duc compose ensuite à l'aise un petit traité sur le droit féodal.

« Un prêtre , dit-il, ne peut pas être souverain. » Les souverains peuvent-ils être pontifes ? M. le Duc n'y ferait sans doute pas d'objection. N'importe, il y voit une « incompatibilité absolue. » Sur quoi est fondée cette incompatibilité ? M. le Duc ne le dit pas. Au moyen âge, les deux charges étaient unies ; mais ici encore M. le Duc a surpris le secret : il ne s'agissait alors que de la suzeraineté. Les abbés, les évêques, le Pape lui-même étaient simplement de hauts seigneurs collateurs de fiefs ; ils n'avaient que les honneurs de la souveraineté et le vrai pouvoir était aux mains de leurs vassaux. Oh ! M. le Duc, l'histoire et surtout l'histoire du moyen âge est remplie de broussailles épaisses, où vous auriez dû vous garder de pénétrer ! Les évêques et les abbés d'Allemagne, les seuls du reste à peu près qui, avec le Pape, fussent souverains, n'étaient que de simples suzerains ! En vérité, ces abbés de Fulde et de Saint-Gall, ces archevêques-électeurs, ces princes-évêques de Salzbourg et de Trente, qui dressaient très-haut les fourches patibulaires pour ceux qui, de leur temps, pratiquaient la doctrine des faits accomplis, ces dignitaires ecclésiastiques qui gouvernèrent avec tant de sagesse que leur territoire ecclésiastique se distinguait entre ceux de tous les autres princes par sa richesse agricole ; eux qui, des déserts de Fulde et des steppes de la Suisse ont fait des jardins délicieux, et ont arraché à la reconnaissance des peuples ce proverbe fameux : « Il fait bon vivre sous la crosse (1) ; » tous ces souverains qui ont créé de vraies oasis de paix au milieu d'États dévastés par les guerres continuelles auxquelles se livraient les princes séculiers, tous ces souverains ne furent que de simples titulaires ! De grâce, qui donc exerçait la justice civile et criminelle, qui exerçait tous les droits régaliens dans leurs domaines, sinon leur vicaire ? Sans doute, ils n'étaient que des suzerains directs à l'égard de quelques fiefs de second ordre ; sans doute, il y avait des exemptions, des priviléges et des singularités étranges ; mais du moins alors il n'y avait pas comme aujourd'hui cette singulière et redoutable absorption de toute pensée, de toute force, de toute volonté en un seul homme. Ce despotisme , création païenne, avait été détruit en sa racine par le christianisme, et il n'existe plus que là où le monde va cesser d'être chrétien ou ne l'est pas encore. Ce droit municipal dont parle M. le Duc , et qui est la vraie source de la forme sociale actuelle dans son plus noble développement , ce droit communal qui a créé Venise, Gênes, Florence, Pise, Milan elle-même, à l'époque de leur plus grand éclat artistique, est-ce qu'il n'a pas grandi à l'ombre de l'Église ? Et ce qui le prouve, n'est-ce pas ce fait incontestable, avoué

(1) *Unter dem krummen Stabe ist gut zu wohnen.*

par M. le Duc lui-même, que les communes d'Italie étaient naturellement guelfes ?

Et à propos des Guelfes, qui a donc dit à M. le Duc que les Papes ont cessé d'être Guelfes pour se faire Gibelins ? *Gibelin*, en Italie, veut dire ennemi du Pape, *Guelfe*, ami du Pape : ces sinistres appellations ont encore le même sens ou elles n'en ont plus aucun. Les Papes, princes d'un petit État non militaire, ont été assaillis et ont invoqué l'appui d'autres princes pour leur défense. Cela était naturel ; c'était un devoir envers leurs sujets. Ainsi ont fait et font tous les princes faibles attaqués par de plus forts. Grégoire II et Zacharie ont appelé les Francs pour les défendre contre les Lombards ; Grégoire VII, le duc Guiscard pour le protéger contre les Allemands, précisément comme le Sultan a appelé la France et l'Angleterre pour se défendre contre la Russie, comme Victor-Emmanuel a appelé la France pour se défendre contre l'Autriche; et Pie IX seul ne pouvait et ne pourra appeler personne ! Un ministre d'Espagne disait naguère à la tribune du Parlement de son pays, que l'empereur des Français avait menacé de la guerre quiconque serait venu au secours du Pape lors de l'invasion des Marches et de l'Ombrie. Vous voyez bien qu'il n'y a plus de Guelfes.

Laissant ces choses qui, à vrai dire, ont peu de rapport avec la Convention du 15 septembre, M. le Duc se tourne vers cette Convention et déclare que la perte des Marches et de l'Ombrie a été providentielle et que pour le Pape c'est une perte purement illusoire. Il prétend que l'étendue des États ne constitue pas leur importance, mais que le grand point c'est de rester souverain. Ainsi, par exemple, il n'y a nulle différence substantielle entre le prince Grimaldi de Monaco avec ses mille sujets et l'empereur des Français avec ses quarante millions de sujets ou l'empereur de Russie qui en compte soixante millions. Je réponds, moi, que pour être réelle, une souveraineté doit pouvoir se gouverner elle-même ou être abritée par un droit inviolable. Il y a de petits princes en Allemagne, mais le droit des gens qui règne là encore, les protége. Enlever au Pape les cinq sixièmes de son domaine, puis l'enfermer au milieu de l'État qui les lui a enlevés, et qui professe tout haut qu'il a droit sur le reste, dire que la solution n'est qu'une question de temps, et ensuite parler de l'indépendance de cet État, c'est une dérision.

Il est vrai que M. le Duc a une consolation à offrir à la victime. « Il ne faut point, dit-il, se révolter tant contre les événements qui ont fait perdre au Saint-Siége ses provinces; a-t-on oublié de quelle manière elles avaient été acquises? » Et alors Borgia avec les Romagnes, Jules II avec Pérouse, Léon X avec Ancône, reviennent sur le tapis, et M. le Duc couronne le tout en déclarant que, s'il y a quelque différence entre l'acquisition et la perte, l'avantage est à celle-ci, « parce que la révolution italienne ne s'est souillée d'aucun crime. »

En vérité, M. le Président, nous admirons le courage de M. le Duc. De telles choses sont incroyables, même de notre temps où il n'y a presque plus rien d'incroyable. Ah! ce Jules II, ce Léon X qui se *sont battus contre tous*, vous pèsent bien sur le cœur! Heureusement il y a eu dans le monde, avant M. le Duc, d'autres historiens qui ont raconté les faits un peu différemment ; aussi espérons-nous que la postérité ne restera pas à cet égard dans l'erreur. Je pourrais invoquer une centaine d'historiens, mais je n'en recommanderai qu'un seul : le protestant Roscoë, dans l'espoir qu'eu égard à sa religion, M. le Duc lui pardonnera sa nationalité. César Borgia fut un scélérat, bien ; il annexa sommairement les petits seigneurs des Romagnes : mais il faut savoir que précisément ces petits seigneurs étaient des scélérats qui, de plus, avaient usurpé les droits et les possessions de l'Église. D'où suit que la différence entre les anciennes annexions et les modernes consiste en ce que, par les premières, le Pape recouvrait son bien, tandis que par les secondes on enlève le bien d'autrui. Si, ensuite, César Borgia voulut conserver pour sa famille ces provinces qu'il devait restituer à l'Église, Jules II a très-bien fait de les lui reprendre. Assurément, il ne manque point dans l'histoire des Papes de traces de l'humaine misère ; mais nul État d'Europe n'a des titres d'origine plus légitimes et plus anciens que ceux de l'Église. Le miracle de ne voir dans certaines convulsions politiques ni erreurs, ni maux, était réservé au temps et à l'histoire de la révolution italienne, laquelle, d'après M. le Duc, « ne s'est souillée d'aucun crime. »

M. le Président, dispensez-moi, je vous prie, de réfuter cette assertion ; ce serait chose trop douloureuse pour un homme qui sent au cœur l'amour de son pays. L'histoire dira comment Buoncompagni à Florence, les Pepoli à Bologne, les Farini à Modène, les Villamarina à Naples, se sont conduits ; elle racontera cet horrible assassinat, encore impuni, du colonel Anviti à Parme ; elle parlera des généraux et des ministres napolitains qui se sont vendus, des officiers qui ont livré leurs vaisseaux, et de Castelfidardo où, sans motif aucun, sans déclaration de guerre, une poignée de braves, sous le commandement d'un héros, a été surprise, entourée, écrasée par des forces dix fois supérieures ; elle parlera de ces hideuses proclamations, de cette loi Pica, des prisons politiques de Naples, des dix mille fusillés, des vingt-sept villes et bourgs incendiés, et de ces ruines morales plus lamentables encore que ma plume se refuse à décrire. Tout

cela sans doute n'a été ni désiré, ni préparé par le gouvernement Piémontais ; mais tout cela fait cortége à cette chose abominable qui s'appelle la révolution ; tout cela la suit comme l'ombre suit le corps.

M. le Duc arrive enfin à sa conclusion. Selon lui, la situation de Rome
est celle-ci : « Si demain les troupes françaises s'éloignent, la révolution
« éclatera le même jour. Toute la population réunie, noblesse, bour-
« geoisie, peuple, se lèvera comme un seul homme pour en finir avec le
« gouvernement pontifical. »

Cette assertion, qui valait la peine d'être démontrée, comment M. le
Duc la prouve-t-il ? Il ne l'essaie même pas ; donc il est loisible de la
nier. Non, je ne crois pas à cette levée en masse ; je ne crois pas que les
patriciens romains qui sont au premier rang en Italie et en Europe par
la noblesse de leur origine et leurs sentiments, puissent payer par une
trahison les bienfaits constants qu'ils ont reçus du gouvernement tem-
porel des Papes. Ils ont eu d'ailleurs une très-large part dans ce gouvernement, auquel quelques-uns doivent tout et presque tous doivent
beaucoup. La bourgeoisie et le peuple prouvent spontanément et en toute
occasion leur attachement à leur Pontife et à leur souverain, et M. le Duc
en a eu pour témoins les quatre-vingt mille voix qui ont acclamé le
Saint-Père le jour de Pâques dernier, l'illumination générale qui a
célébré l'anniversaire de son retour et de la restauration de son gouvernement, et tous y ont participé depuis le palais jusqu'à la plus humble
maison du Transtévère. Et comment Pie IX a-t-il usé de son pouvoir
civil, si ce n'est pour pardonner, réformer, faire le bien? Que dans les
rangs de la noblesse et de la bourgeoisie, il y ait des mécontents, des
gens qui désirent des nouveautés et des bouleversements, nul ne l'ignore ;
mais, quant à moi, je nie résolument que ces personnes-là soient aussi
nombreuses et aussi influentes qu'on se plaît à le dire. De grâce, comment M. le Duc sait-il si pertinemment, « que la révolution est décidée
« moralement depuis longtemps et qu'elle est faite dans ses plus petites
« particularités? » Qui lui a dit cela? Si cette conspiration existait, ce
serait assurément le cas de commencer une instruction criminelle ;
« mais, » continue M. le Duc, « la population aime le Pape, elle aime les
« cérémonies de Saint-Pierre ; elle abhorre seulement le gouvernement
« des prêtres, parce que l'intervention du prêtre en toutes les choses de
« la vie civile, blesse la liberté et la dignité de citoyen, ou parce que cer-
« taines pratiques inouïes de police ont fini par rendre intolérable à
« Rome le gouvernement clérical. »

Permettez : où et quand le prêtre intervient-il à Rome ? Si le prêtre
entre à ce titre dans une maison, c'est pour conférer un sacrement, pour

administrer le baptême, célébrer un mariage, donner les derniers secours religieux ou recueillir pieusement la dépouille mortelle d'un défunt. Quelles sont ensuite ces pratiques inouïes de police? Où, au contraire, la police est-elle plus douce, plus polie et plus tolérante, même à l'égard des ennemis notoires du gouvernement? La justice civile et criminelle est, par la nature essentielle de la souveraineté de l'État romain, confiée en partie à des prélats; mais celui qui a reçu les ordres ou seulement la tonsure, devient-il, par cela même, incapable de juger avec intelligence et droiture un procès ou d'instruire une affaire? Le tribunal auquel j'ai l'honneur d'appartenir, me semble avoir prouvé dans tous les temps, par de lumineux exemples, et prouve encore aujourd'hui, qu'on peut être à la fois bon prélat et bon jurisconsulte. C'est « l'esprit du gouvernement « sacerdotal » qui est odieux à M. le Duc et à ceux qui partagent son avis. Or, l'esprit d'un tel gouvernement, M. le Président, s'il veut être fidèle à son nom et à son origine, est un esprit d'impartiale justice et de raisonnable équité : tant pis pour ceux à qui il est odieux et qui préfèrent le gouvernement du sabre. On croirait vraiment assister aux lamentations d'Israël, quand il demandait Saül au lieu de Samuel!

L'autre argument de M. le Duc, l'argument triomphant, selon lui, est que « les Romains se sentent et sont Italiens, qu'ils se réjouissent des « triomphes de la cause de l'Italie, alors que le gouvernement s'en « afflige; le divorce est complet. » Quoiqu'en dise M. le Duc, le gouvernement ne s'afflige nullement des triomphes du royaume d'Italie, mais il s'afflige des fautes que commet ce royaume, des maux dont il accable l'Église, des spoliations dont il se souille, et tout cela n'est certainement pas approuvé par l'immense majorité des Romains et des Italiens chez qui vivent et règnent la probité, la loyauté et l'amour de l'Église, de cette Église dont Dieu leur a confié le chef suprême.

Pour faire cesser le divorce, M. le Duc propose « que les sujets du « Pape soient traités comme Italiens, qu'ils entrent dans toutes les car- « rières militaires et civiles du royaume, qu'ils circulent librement « sans lignes de douane, sans police, et que l'État pontifical soit comme « un terrain neutre. »

Tout cela, à première vue, n'est pas très-clair, mais en serrant un peu de près l'idée, on y retrouve la pensée de la fameuse brochure, le *Pape et le Congrès*. C'est la même chose, c'est-à-dire : le Pape à Rome, souverain nominal, avec un apanage, une cour d'apparat et le droit tout au plus de choisir, sur une liste triple, un sénateur; du reste, nul vestige de souveraineté, puisque finances, armée, administration, police, postes, télégraphe, seraient aux mains d'autrui, et que lui-même serait sujet de ses sujets. On parlera sans doute d'immunité, d'inviolabilité, de garantie ; Mazzini a offert tout cela dans sa République de 1849. Mais on sait trop ce que valent de telles paroles.

Maintenant, je soutiens que le Pape en acceptant ces conditions se déshonorerait lui-même, déshonorerait son glorieux passé et la redoutable dignité dont il est revêtu. Celui qui, dans l'Encyclique du 19 janvier 1860 écrivait : « Nous ne pouvons céder ce qui n'est pas à nous, ni renoncer à « ces provinces sans violer les serments qui nous lient ; » celui qui, le 8 décembre 1864, écrivait : « La prétendue conciliation est une erreur con- « damnable, » ne pourrait aujourd'hui tenir un autre langage, et encore moins, en maintenant ses protestations précédentes, se prêter à certains arrangements pécuniaires avec ses spoliateurs.

M. le Duc le prévoit, car il ajoute aussitôt : « Malheur à vous si vous « forcez le Pape à un nouvel exil ! Soyez certain que le clergé de France ne « vous suivra pas dans cette aventure et que le jour où vous quitteriez « Rome, serait le dernier de l'ultramontanisme en France. »

Nous croyons précisément le contraire. Ignorant absolument la pensée du Saint-Père, dans le terrible cas d'une catastrophe, nous savons seulement qu'il sera fidèle à son devoir. S'il reste, nous resterons à ses côtés, tant qu'il nous sera donné de le faire ; mais si, ayant consulté sa conscience, qui est son guide et le nôtre, il croit devoir s'éloigner, nous le suivrons dans l'exil ; il n'est nouveau ni pour lui, ni pour la majeure partie d'entre nous. De la France catholique, de son clergé, nous n'avons nulle crainte, nous croyons les connaître un peu mieux que M. le Duc. Quant aux misères qui nous attendent et dont il étale complaisamment le tableau à nos yeux, nous saurons, je l'espère, les supporter courageusement. M. le Duc demande : « Où ira la foule des diacres, des sous-diacres, des « *monsignori*, des auditeurs de Rote ? » Pour tous les diacres, les sous-diacres, il ne faudra pas grand'chose, et ils iront où ils pourront ; les prélats (quant aux cardinaux, M. le Duc y a presque pourvu), ils iront où ira le Pape, vivant pauvrement, mais restant à ses côtés comme l'ont fait, en pareil cas, les prêtres de l'Église romaine depuis les premiers temps jusqu'aux temps présents. Nous ne désirons ni ne redoutons ce jour : le chrétien ne défie pas les épreuves, mais, avec l'aide de Dieu, il les supporte. Ici, M. le Duc, dans ce clergé romain que vous n'avez vu que de votre tribune le jour de Pâques (si même vous l'avez vu), il y a des trésors de sagesse, de vertus, de constance, cachés sous le voile d'une modestie qui ne le couvre pas sur toute la terre, et la preuve en est dans ces redoutables années 1848 et 1849 qui n'ont pas vu chez nous un seul prévaricateur.

Mais enfin qu'adviendra-t-il de Rome ? Voici la prophétie de M. le Duc : « A Rome, les Français demeureront encore, ou ils y retourneront...
« On constituera un gouvernement provisoire pour administrer les États
« de l'Église, au nom du Pape, et y faire en son absence les réformes et
« les arrangements nécessaires... Cela fait, on invitera le Saint-Père à
« venir reprendre au siége de la Papauté le trône de ses prédécesseurs,
« débarrassé de toutes les causes qui en compromettaient la sécurité. »

Eh bien ! si vous faites cela, M. le duc, vous commettrez une flagrante iniquité ; elle aura différents noms, selon l'occurrence. Si ce gouvernement provisoire qui, de son propre arbitre, se substituera à celui que le Pape aura laissé en s'éloignant, est composé de Romains, nous l'appellerons rebelle ; s'il est composé de Français et d'Italiens, non sujets du Pape, nous l'appellerons usurpateur. Tout ce qu'il fera sera illégal ; et à ceux qui croient que le Souverain-Pontife à son retour, acceptera et sanctionnera ses actes, j'ai trop de bonne foi pour ne pas leur dire que c'est une intolérable insulte.

M. le Duc prétend que tout cela est d'une réussite facile. Il se trompe. Il y a eu de fiers et vaillants souverains qui l'ont cru, estimant qu'il était aisé de venir à bout du vieillard désarmé du Vatican. C'était l'opinion de Henri IV d'Allemagne à l'égard de Grégoire VII, de Henri V à l'égard de Pascal II et de Calixte II, de Frédéric Ier à l'égard d'Alexandre III, de Frédéric II à l'égard de Grégoire IX, de Charles-Quint à l'égard de Clément VII ; parmi les souverains français, c'était l'opinion de Philippe-le-Bel à l'égard de Boniface VIII et bien plus à l'égard de Clément V et du Pape d'Avignon. C'était aussi l'opinion, et avec plus de raison que tout autre, du conquérant de l'Europe, quand il tenait en sa main le pauvre captif de Savone et de Fontainebleau. Y ont-ils réussi ?

M. le Duc prétend que le cardinal secrétaire d'État « n'a pas opposé « d'objections sérieuses à son plan. » A cette assertion répondent, bien mieux que toutes mes paroles, les actes publics de l'illustre cardinal. Que M. le Duc veuille bien lire les admirables et nobles dépêches du 29 février 1860 et du 26 février 1861, et qu'il juge si celui qui les a écrites peut donner ce démenti à soi-même et à son glorieux passé.

Quant à la frayeur dont M. le Duc nous dit saisis, il se trompe encore. Le soin de l'avenir, nous le laissons à la Providence. M. le Duc sait que nous avons coutume de nous y confier. Dieu nous a caché l'avenir, mais il nous a tracé pour le présent des devoirs que nous devons remplir, et dès lors nous n'avons point à nous préoccuper de « *ce que nous répondrons* » et encore moins de « *ce que nous mangerons* » ou de « *ce dont nous nous couvrirons ;* » et nous prions également M. le Duc de n'en avoir nul souci. Au milieu des tristesses actuelles, qu'il nous épargne celles de ses lettres ; mais en tout cas, qu'il soit bien convaincu qu'elles ne nous font pas peur. L'œil fixé sur notre Pontife et notre Souverain, nous suivrons ses sages conseils et nous attendrons tranquillement les événements.

J'ai l'honneur d'être, avec la plus haute estime,

Monsieur le Président,

Votre très-humble et dévoué serviteur,

François NARDI, *Auditeur de Rote.*

9 782014 039290